TE VAS A REÍR,
PERO PARA LEER ESTE LIBRO
TIENES QUE HACER

1. Con la mano derecha agárrate la oreja izquierda como si fuera un pendiente.

2. Con la mano izquierda agárrate la oreja derecha como si fuera una pinza de la ropa.

3. Saca la lengua y con la lengua **FUERA** lee en alto este juramento:

TE VAS A REÍR, pero para ver
si podemos seguir NECESITO OÍR TU RISA.

JA JAJAJAJAJAJAJA

Un poco más alto.

HEHEHEHEHEHEHEHE

Mucho más alto.

JiJiJiJiJiJiJiJi

Superalto.

HoHoHoHoHo

Lo más alto del mundo.

GENIAL, ya podemos **EMPEZAR.**

TE VAS A REÍR,
PORQUE ESTÁS
A PUNTO DE ENTRAR
EN EL INCREÍBLE MUNDO DE LA

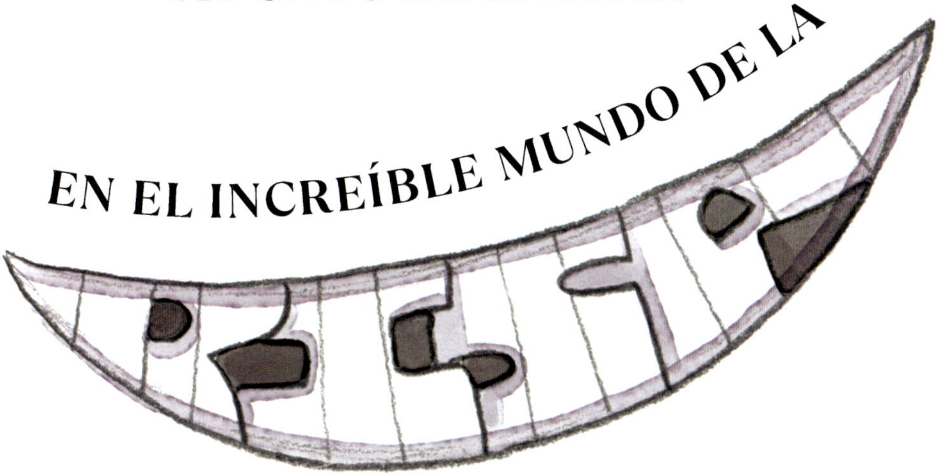

DONDE TODOS SUS PERSONAJES
TE ESPERAN SIEMPRE CON UNA

SONRISA

cuando pases la **PÁGINA.**

TE VAS A REÍR,

me llamo VERGONCILLO.
Hablo muy muy muy muy muy muy muy bajito
para que nadie me oiga.
Soy muy pequeño para que nadie me vea
y necesito tu ayuda para que sepan que existo.

TE VAS A REÍR,

PERO PARA PODER CONTINUAR TENGO
QUE PONER MÚSICA A ESTA CANCIÓN.

TE VAS A REÍR, TE VAS A REÍR,
PERO SI NO CANTO NO PUEDO SEGUIIIIIIIIR.

(Vamos con otro)

CANTO
FATAAAL
CANTO
FATAAAL

A VERGONCILLO QUIERO
AYUDAR

Mi VOZ NO es bONita
a todos enoja pero
ya puedo
pasar esta
hojaaaaaaa

¡TE VAS A REÍR!

Yo soy **TORPI**.

TENGO **TRES** PIES
de DISTINTO **TAMAÑO**
que hacen que me tropiece todo el rato.

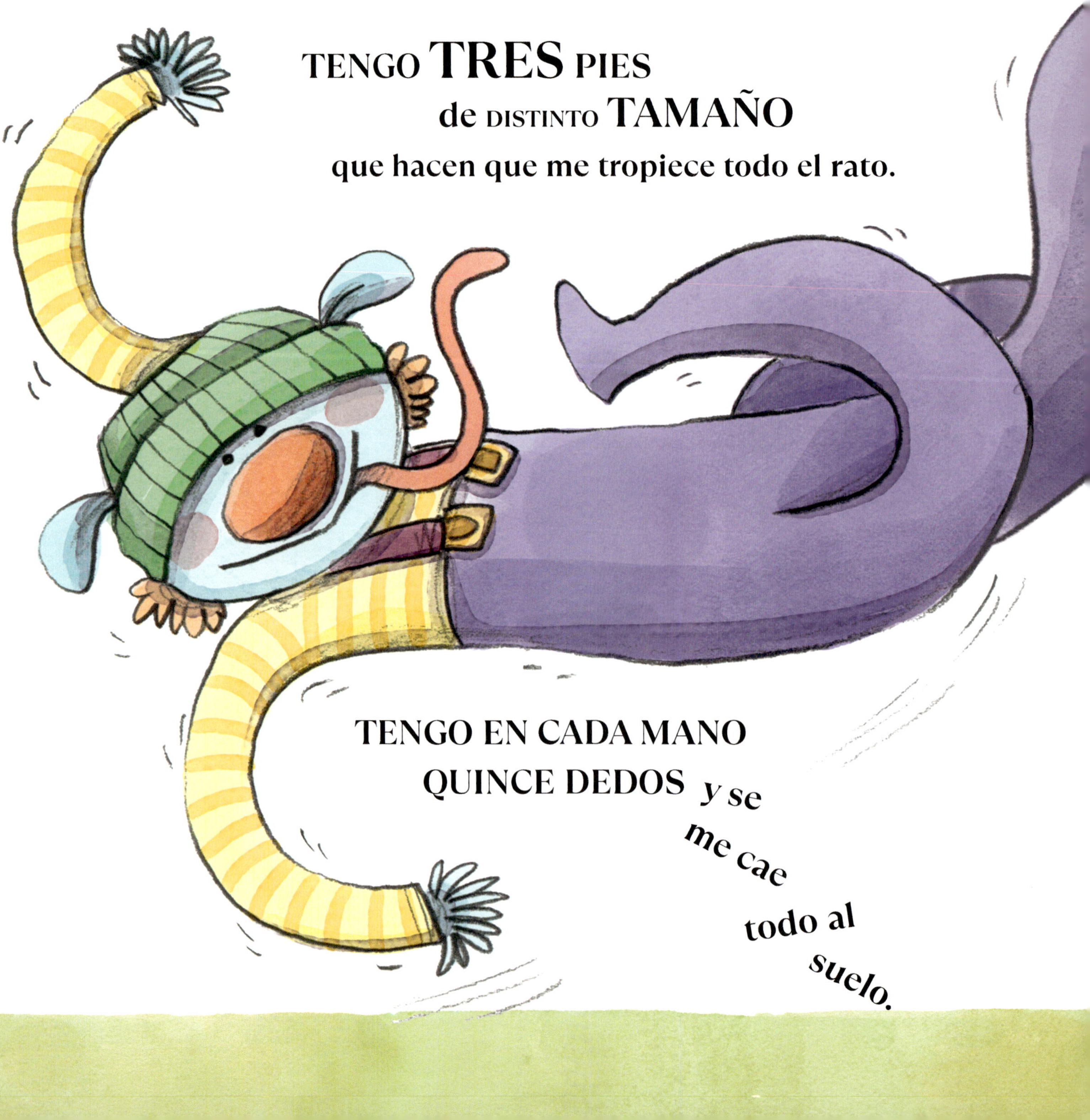

TENGO EN CADA MANO
QUINCE DEDOS y se
me cae
todo al
suelo.

y TE VAS A **ROÍR**,
RIOR, **RAER**, RORI,
RARI, RIRORIRO,
RARORIRA, RIRORAI,
RORIRORI,
RARRARRRARRARIRRORRA...

TE VAS A REÍR,
pero me CONFUNDO MUCHO al HABLAR.

HABLO AL VERRÉS, AL SERRER,
AL SEVERRE, AL REVÉS.
Y ES MUY FICÍFIL, FIDÍFIL, FIDIFILI,
DIFÍCIL QUE LA TENGE, PERDÓN,
LA GENTE ME ENTIENDA.
SI QUIERES PASAR LA JÁPINA,
NÁIGINA, GÁPINA, PÁJANA, JÍPANA,
JAPIJAPI, JIPAJIPA, PÁGINA

TIENES QUE REPETIR CONMIGO:

Otra vez.

JAPA LA NÁPINA

Otra vez.

PASA LA GÍNAPA

PASA LA PÁGINA

TE VAS A REÍR

Soy **PEDORRETO** ¡PRRRRRR!
Soy un **CULO GIGANTE** ¡¡¡PRRRRRR!!!
Tengo **CARA DE CULO** ¡prrrrrrrrrr!
Tengo el **CULO EN LA CARA** ¡PRRRPR!

¡PRRRRRRR!

Vivo en un mundo de **CACA** ¡PRRRRRR!
y **RÍOS DE PIS** ¡¡¡PRRRRRR!!!
y volcanes que se tiran **PEDOS** y **ERUCTOS**

¡¡¡PRRRRRR!!!

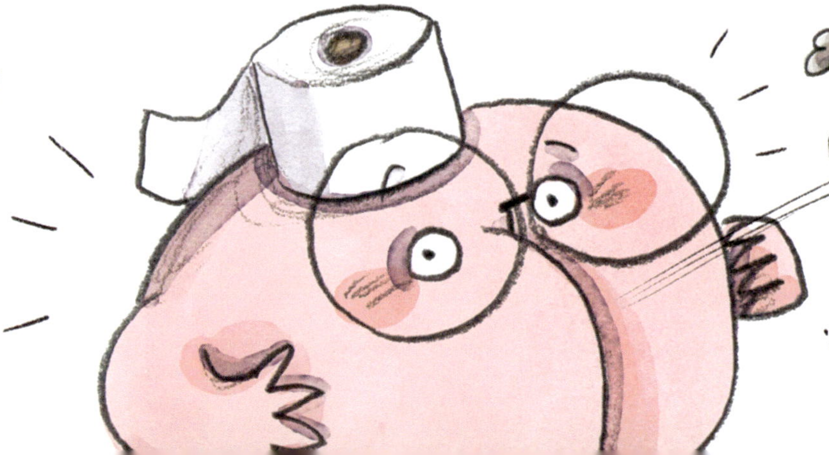

¡¡¡PRRRRRR!!!

Aquí siempre huele a

La gente dice que **DOY MUCHO ASCO,**

¿Y SABES QUÉ LES DIGO?

A LO MEJOR
DE HACER TANTOS PEDOS CON LA BOCA
TE HAS LLENADO LA CARA DE BABAS.

¡¡¡ME ENCANTA!!!

PARA SEGUIR TIENES QUE HACER
UN **SUPERPEDO,**
PERO **NO CON EL CULO,**
QUE SI NO VAS A OLER COMO YO.

Te vas a reír

Me llamo **MOCOSETE**
y soy el mejor amigo de **PEDORRETO**.

Para hablar como yo tienes
que **TAPARTE LA NARIZ**.

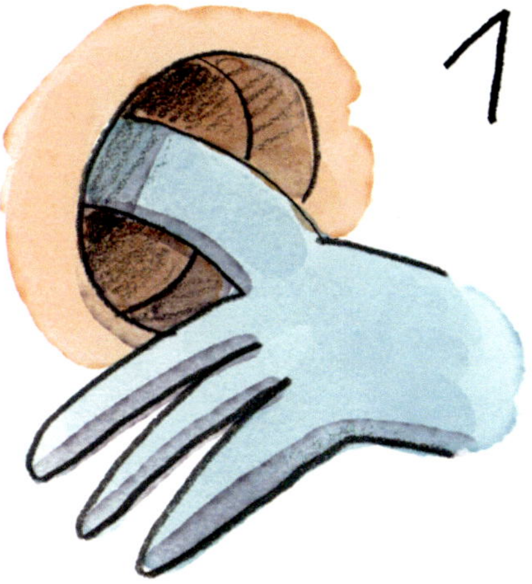

A MÍ ME ENCANTA
METERME EL **DEDO EN LA NARIZ,**
hago una pelota pequeña **con dos dedos y...**

¡PUM!
¡¡¡MOCO VA!!!

¿TE CUENTO UN SECRETO?
Cuando no sé qué hacer con el moco lo pego debajo de una mesa.

¿A QUE SOY ASQUEROSO?

TIRAR MOCOS,

BIEN

COMER MOCOS,

¡¡MAL!!

¡MOCO VAAA!

Señálate la nariz
con el dedo índice,
METE EL DEDO DENTRO,
gíralo tres veces,
SÁCALO y con ese dedo

PASA LA HOJA.

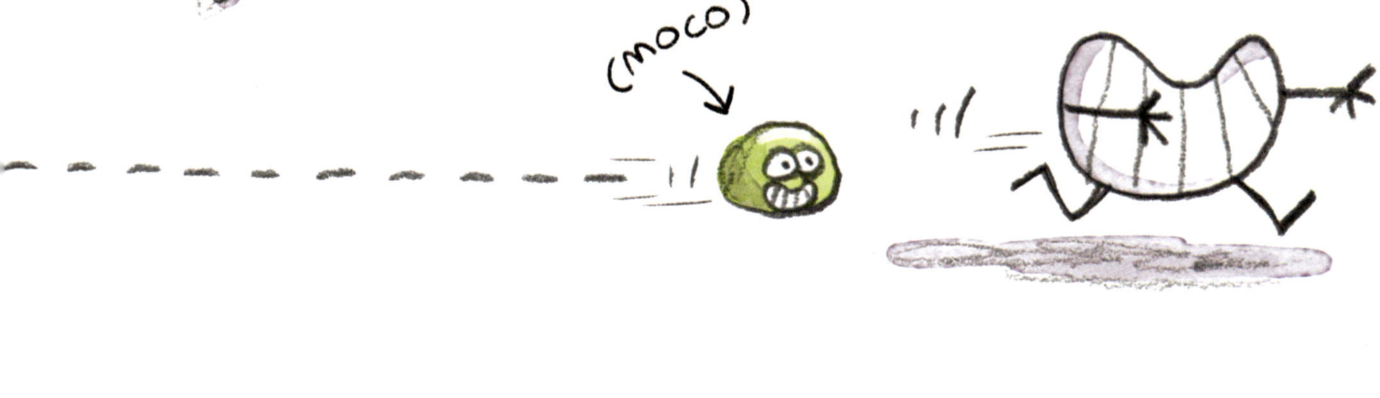

TE VAS A REÍR

Soy BROMI

Y ME ENCANTA BROMEAR

TODO EL RATO

CON TODO **EL MUNDO**.

Espera un momento...
¿Qué tienes debajo de la nariz?
¿Ya te ha salido bigote?

¡BROMA!

¡Hoy me he quedado
dormida en el cole!

¡¡¡BROMA!!!

¡Me encanta comerme
las uñas de mis amigos!

¡¡BROMA!!

CORRE, CORRE, GASTA UNA BROMA TÚ AHORA...

A veces soy muy pesada...

¡CUIDADO!

SI PASAS LA PÁGINA **DESPACIO**, SE TE PUEDEN

CAER LOS DEDOS

¡¡¡BROMA!!!

TE VAS A REÍR

Me llamo **RUIDOS**

Por eso tengo las orejas

¡MÁS GRANDES DEL MUNDO!

¡Porque me encantan los **RUIDOS**, cuanto más raros mejor!

¿Cómo sonaría un TAMBOR cayendo por unas escaleras?
MOC
¿Y una moto encima de una MOTOSIERRA?
¡MOOOOOOC!

¿Y un CABALLO cantando?
¡Moooc Moooc!

¿Y un GATO tosiendo?
¡MOOOC moc moc moc!

¿Y un HELICÓPTERO lanzando besos?
¿Y un TELÉFONO sonando debajo del agua?
¿Y una página pasando mientras SILBA?
?

¡te vas a reír!

Me llamo

Imitón

ME ENCANTA **IMITAR** A

TODO EL MUNDO

Me encanta imitar
a **VERGONCILLO**
hablando bajito, diciendo:

¡te vas a reír!

Me encanta imitar
a **TORPI** diciendo:

¡ta ves a ríer!

O imitar
a **PEDORRETO**
diciendo:

¡te vas a reír!

¡PRRRRRR!

Me encanta imitar a MOCOSETE
diciendo con los dedos
en la nariz:

¡TE VAS A REÍR!

Imitar a BROMI diciendo

¡¡NO TE VAS A REÍR!!

¡BROMA!

Me encanta imitar
a **RUIDOS** preguntando:

¿CÓMO SUENA UN **LORO** DICIENDO?

¡Ahora imita a la persona que

TENGAS AL LADO!

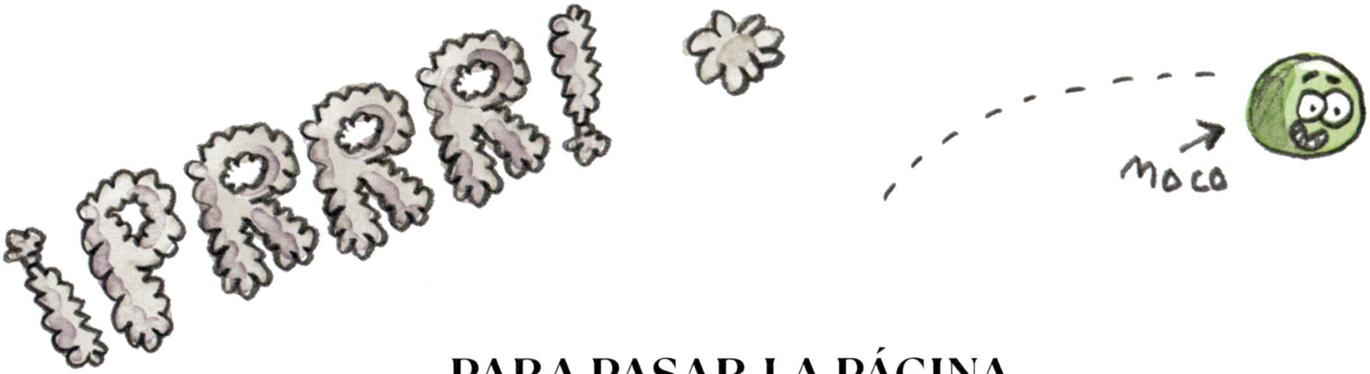

PARA PASAR LA PÁGINA

IMÍTATE A TI

¡PUES...

... YA NO TE VAS A REÍR!

¡CRI CRI! ¡CRI! ¡CRI! ¡CRI CRI! ¡CRI CRI!